AF357234

ORAISON-FUNEBRE

D'ILLUSTRISSIME ET REVERENDISSIME SEIGNEUR

MONSEIGNEUR

CHARLES DE BROGLIE,

ÉVÊQUE-COMTE DE NOYON,

PAIR DE FRANCE,

Défigné Cardinal de la Sainte Églife Romaine.

Prononcée dans l'Eglife Cathédrale de Noyon, le 7 du mois de Juillet 1778.

Par Meffire JEAN-BAPT.-CHARLES-MARIE DE BEAUVAIS, Évêque de Sénez, Chanoine Honoraire de l'Églife Cathédrale de Noyon, & ci-devant Vicaire Général de ce Diocefe.

A NOYON,

De l'Imprimerie de JEAN-FRÉDÉRIC DEVIN, Imprimeur & Libraire de Monfeigneur l'Évêque.

AVEC PERMISSION.

Cet Ouvrage fe vend auffi à Paris chez MÉRIGOT, le jeune, Quai des Auguftins.

ORAISON-FUNEBRE

D'ILLUSTRISSIME ET RÉVÉRENDISSIME SEIGNEUR

MONSEIGNEUR

CHARLES DE BROGLIE,

ÉVÊQUE - COMTE DE NOYON,

PAIR DE FRANCE, &c.

Confolamini invicem in verbis iftis.

Confolez - vous mutuellement dans ces paroles.

De la I. Épitre de S. Paul aux Theffaloniciens, Chap. IV.

FIDELES Amis, tendre & magnanime Frere * du Pontife que cette Églife a perdu, vous avez donc voulu vous réunir en ce jour autour de fes cendres chéries, pour le pleurer encore au milieu de fon Eglife & de fon Peuple. Vous voulez que l'un des témoins de fa vie, & des confidens de fon cœur,

* M. le Maréchal DE BROGLIE.

A 2

soit l'interprete de votre douleur & de votre tendreffe ; &,
qu'après avoir recueilli avec vous fes derniers foupirs, je rende
encore à fa mémoire ce dernier hommage.

Mais pourquoi réveiller une douleur que le temps fembloit
avoir affoupie ? Pourquoi renouveller en ce jour des funérailles
qui nous ont déja coûté tant de larmes ? Ah ! que ceux qui
ont perdu l'efpérance de l'immortalité cherchent à oublier les
morts, & qu'ils s'épargnent l'inutile douleur de pleurer fur
une pouffiere infenfible : Mais nous, qui croyons à l'immortalité ; mais nous, qui avons les préfages les plus confolans fur
la deftinée éternelle de l'Ami que nous pleurons ; comment
voudrions-nous oublier celui que nous avons aimé, celui qui
eft vivant & immortel devant Dieu, celui dont le fouvenir doit
nous remplir de confolation ? Doux fouvenir d'un Ami qui a
expiré au fein de la foi & de la vertu ! Larmes délicieufes, aimable trifteffe, plus chere aux ames vertueufes & fenfibles que
toutes les joies du fiécle !

Et moi-même, MESSIEURS, qui fuis obligé de remplir
une fonction fi douloureufe pour l'amitié ; ceffez de me plain-
dre. Je fens combien elle doit affliger mon cœur : mais mon
cœur fe complait dans fon affliction ; & fi ces fouvenirs renou-
vellent ma douleur, ils foulageront mon ame *. Dans les anciennes mœurs, n'étoit-ce donc pas l'ami le plus fidele qui
rendoit ce trifte devoir ? Voyez les fleurs dont Saint Jérôme

---

* *Sentio equidem quòd repetendis officiis, recenfendifque virtutibus afficiatur ani-*
mus, tamen in ipsâ mei affectione requiefco ; atque hæ meæ recordationes etfi dolo-
rem renovant, tamen adferunt voluptatem. S. Ambr. in obitu Satyri fratris.

orne la tombe de fon cher Népotien *. Écoutez les Ambroife, les Grégoire, les Bernard **, dont le cœur étoit fi fenfible ; écoutez les louanges dont ils font rétentir les funérailles de leurs freres. Cherchons comme eux, dans notre douleur même, un rémede à notre douleur. Répandons auffi des fleurs avec nos larmes fur la tombe de notre illuftre Ami. Confolons - nous mutuellement par le fouvenir de fa vertu, & par la foi de l'immortalité. *Confolamini, confolamini invicem in verbis iflis.*

Quel étonnant contrafte avoit partagé la deftinée de celui que nous pleurons ! Les efpérances & les qualités les plus brillantes, tout fembloit préparer en lui l'un des perfonnages les plus heureux & les plus illuftres de fon fiécle. Hélas ! à - peine eft - il entré dans la carriere des honneurs, qu'une langueur irrémédiable vient deffécher autour de lui toute fa gloire & fa profpérité. Mais auffi avec quelle conftance il a foutenu cette rigoureufe épreuve ; & avec quel courage il a fait fervir une mortelle infirmité au falut immortel de fon ame ! Faifons reparoître un inftant fur fon tombeau les grandes efpérances qu'il avoit données à cette Églife & à toute l'Églife de France ; & gémiffons fur la fragilité des chofes humaines. Déplorons fes malheurs ; mais béniffons le Ciel des graces & des confolations dont il l'a comblé dans fes fouffrances. Tels font les deux objets du Difcours que nous confacrons à la mémoire d'Illuftriffime & Révérendiffime Seigneur CHARLES DE BROGLIE, Évêque - Comte de Noyon, Pair de France, défigné Cardinal de la Sainte Églife Romaine.

*Doleo fuper te, Frater mi Jonatha ****. Ainfi David exprimoit fa douleur, à la mort d'un jeune Prince qu'il chériffoit comme fon

* S. Hieron. in epitaph. Nepotiani.
** S. Ambr. or. in obitu Satyri frat. S. Greg. Naz. orat. fun. Cæf. fr. & Gorgon. fororis. S. Bernaid. in obitu Gerardi fratris.

*** II. Reg. C. 1. ỿ. 26.

frere : *Doleo super te , Frater mi Jonatha , decore nimis & amabilis.* O mon respectable Ami, ô mon aimable Frere, *Frater mi,* qu'il me soit permis de vous donner aussi ce tendre nom : l'amitié avoit rempli l'intervalle qui nous séparoit : *Frater mi, decore nimis & amabilis !* Ce n'est point à une ombre vaine que j'adresse mes soupirs. Hélas ! mes ieux ne vous voie   ̄ l ̄ ̄ ; mais ma raison, mais ma foi m'assure que vous vivez tou   ...rs dans une ame immortelle ; mais je puis croire qu'en ce moment vous nous voyez, vous nous entendez, & que votre ame est comme présente à vos obseques. Regardez les Personnes qui vous furent les plus cheres rassemblées autour de votre sépulcre : recevez les hommages & les larmes que nous vous offrons en présence de votre Peuple. O vous, dans qui j'existois plus que dans moi - même ; vous , dont la gloire & la vertu devoient faire le bonheurde ma vie ! O vous, qui m'avez donné jusqu'à la fin des témoignages si touchans de votre affection : vous que j'aimois comme David aimoit Jonathas, comme une mere aime son fils unique ; *sicut mater amat unicum filium , ita ego te diligebam !* Un éloge funebre ! étoit - ce là le monument que je devois vous dédier de ma réconnoissance & de ma tendresse ? & comment ma voix poura - t - elle prononcer ce déplorable discours ? Mon Dieu , vous ne condamnez point mon trouble & ma désolation sur le tombeau d'un Ami si cher. J É S U S luimême a frémi , il s'est troublé , il a pleuré sur le tombeau de celui qu'il avoit aimé *. Mais daignez sécourir ma foiblesse ; ne permettez pas que j'oublie dans ma douleur la sainte constance qui doit soutenir toujours un Ministre de votre divine parole.

---

* *Infremuit spiritu , ... turbavit semetipsum , & lacrymatus est Jesus.* Joan. C. 11. ℣. 34.

PREMIERE PARTIE.

QUI s'étoit jamais annoncé dans l'Églife fous de plus glo-
rieux aufpices que le Pontife à qui nous rendons ces lugubres
devoirs? Une Maifon, l'une des plus anciennes de l'Italie, l'une
des plus fameufes de l'Europe par la gloire des armes, & que la
France avoit comblée d'honneurs, depuis qu'elle l'avoit adop-
tée : la Dignité, (la premiere fans-doute dans une nation
guerriere) la Dignité de Maréchal de France devenue comme
héréditaire dans cette vaillante Famille depuis trois généra-
tions : les victoires d'un Pere, les victoires récentes d'un Frere,
qui venoit de rélever l'honneur de nos armes au milieu des
revers de la guerre derniere, & que la Nation révere comme
le Premier de fes Guerriers : la renommée d'un autre Frere
non moins célebre dans la carriere de la politique que dans
celle des armes : la gloire de fa Famille qui rejaillit déja fur
fa jeuneffe, qui fixe déja fur lui l'attention des Pontifes & des
Rois, & qui lui fait affurer, dès fon entrée dans l'Églife, la
Pourpre Romaine : quelles magnifiques efpérances ! O trom-
peufe profpérité ! ô incertitude des chofes humaines !

L'Abbé DE BROGLIE ne fe repofera point, comme les
enfans des Grands, à l'ombre des trophées de fa Maifon &
des prétentions de la naiffance : il fera digne de fon origine
& de fa deftinée. Rapellez-vous, MESSIEURS, cet efprit
qui étinceloit dans fes ieux, & qui répandoit fur tout fon extérieur des graces fi vives & fi naturelles : cette décence, cette

nobleſſe ; cette aménité de mœurs, ce charme de caractere, cet attrait qui lui gagnoit tous les cœurs. Et ceux même que les malheureuſes rivalités qui diviſent les Grands avoient éloignés de ſes freres pouvoient-ils ſe défendre de l'aimer ? Auſſi, MESSIEURS, avec quel ſuccès il parut à Rome & dans les différentes Cours d'Italie, au milieu de cette Jeuneſſe floriſſante qui devoit remplir un jour avec tant d'éclat les premiers Siéges de l'Égliſe de France ? Interrogez les Compagnons illuſtres de ſes voyages, & qu'ils vous diſent le rang que l'Abbé DE BROGLIE tenoit parmi eux, autant par ſes qualités perſonnelles que par la gloire dont il étoit environné.

Mais entre ſes aimables qualités, il faut, MESSIEURS, il faut rendre ici un hommage particulier à la qualité la plus chere à ſon cœur, à ſon amour, j'ai preſque dit, à ſa paſſion pour la vérité. Ce n'eſt pas aſſez pour lui de ne point bleſſer la vérité par le menſonge : il croiroit la trahir par le ſilence. Il ne peut contenir la vérité dans l'intérieur de ſon ame : la vérité eſt ſur ſes levres, comme dans ſon cœur. Peut-être, MESSIEURS, (& ſa franchiſe même m'inſpire cet aveu) peut-être que cette franchiſe paſſa quelquefois les bornes de la prudence : noble défaut d'une ame libre & généreuſe, & préférable ſans-doute à la ſombre diſcrétion de ces caracteres froids qui ſçavent cacher leurs reſſentiments au fond de leur cœur. Le cœur de l'Abbé DE BROGLIE ne pouvoit diſſimuler les ſiens ; &, comme il a été dit d'un ancien Romain, il aima mieux offenſer que de haïr : *Maluit offendere quàm odiſſe* *. Mais ne ſembloit-il pas avoir acquis le droit de dire la vérité par le courage de l'entendre ? Loin de lui cette troupe de

complaiſans

* Tacit. in vitâ Agricolæ.

complaifans & d'adulateurs qui rampe autour des Grands. Aprenez, MES FRERES, (car nous pouvons déformais révéler
les fecrets de notre amitié) aprenez qu'il nous avoit rangés
autour de lui, comme autant de moniteurs & de cenfeurs,
pour le reprendre de tous fes défauts, pour l'avertir de tous
fes devoirs. Et avec quelle candeur & quelle fimplicité, avec
quelle reconnoiffance ce caractere fi vif & décidé écoutoit nos
avis les plus libres ! tant il refpectoit, tant il aimoit la vérité.
Oui, toujours fes amis les plus courageux furent fes amis les
plus chers.

Sous un extérieur qui fembleroit d'abord n'annoncer que les
graces de l'efprit & les agrémens du caractere ; admirez, MES-
SIEURS, cet efprit jufte & prompt, dont le premier coup d'œil
faifit la vérité ; cet efprit vafte & facile, qui fçait embraffer,
avec la fcience des détails, les grandes vues de l'adminiftration ;
cet efprit actif & laborieux, qui veut tout voir & tout juger
par lui-même. Admirez encore des qualités plus précieufes
que tous les talens de l'efprit, & les dons même du génie, les
qualités de l'ame ; cette probité févere, cette droiture infle-
xible, cet ardent amour du bien public, cet attachement inébranlable aux anciens & aux vrais principes ; ce zele de l'honneur, de la vertu, de la Religion ; cette élévation d'ame, cette
vigueur de caractere, qui donnoient, hélas ! à l'Églife Gallicane
de fi grandes efpérances.

Quelle occafion plus éclatante pour effayer le mérite naif-
fant de l'Abbé DE BROGLIE, que cette Agence fameufe par
les agitations qui affligeoient alors l'Églife de France ? Qui

aplaudiffiez , la mort avoit déja lancé fur lui fon trait invifible.
Il n'eft pas plus tôt établi parmi vous , qu'une cruelle infirmité
vient enchaîner fon zele. Nous fentons , MES FRERES,
& plus vivement que vous - mêmes , parce que nous devons
mieux connoître l'étendue de nos devoirs ; nous fentons tout
ce qui manque à fon Épifcopat : mais le bien qu'il n'a pu
vous faire pouroit - il éfacer de votre mémoire celui qu'il vous
a fait , malgré fes langueurs & fes fouffrances , & toutes les
preuves qu'il a données à fon Clergé & à fon Peuple de fon
zele & de fon affection ?

Refpectable Compagnie , auffi recommandable par la régula-
rité de vos mœurs , & par les Hommes vertueux qui vous déco-
rent , que par le rang que vous tenez dans ce Diocefe ; (avec quelle
fatisfaction je rends honneur à la vertu de mes anciens Freres !)
rendez vous-mêmes, rendez gloire à votre Évêque. Ce même Pontife qui foutenoit les droits de fon Siége avec tant de vigueur
& de courage ; dites avec quelle fimplicité , avec quelle mo-
deftie , avec quelle aimable familiarité il fe conduifoit dans fa
vie privée ; & fi jamais aucun Évêque s'eft montré plus que lui
le collegue des Prêtres *. Souvenez - vous des premiers temps
de fon Épifcopat , & de l'heureux accord qui vous uniffoit
avec lui. S'il s'eft élevé depuis quelques divifions , du - moins
l'union effentielle , l'union des cœurs eft demeurée inviolable.
Faut - il que de triftes défiances viennent troubler ainfi la paix
entre les Évêques & les Églifes qui devroient leur être plus

---

* *In Ecclefià fublimior (Epifcopus) fedeat ; intrà domum verò collegam fe Pref-*
byterorum agnofcat. Conc. Carthag. IV.

étroitement unies ! Vénérables Freres, ce n'est point seulement pour votre Église que je parle en ce moment ; c'est pour toutes les Églises ; Vénérables Freres, qui répréfentez auprès de nous le Sénat facerdotal des anciens temps, fans - doute vous devez avoir la premiere place dans l'amitié de vos Évêques ; mais vos Évêques n'ont - ils pas auffi les premiers droits fur votre affection ? Si l'Église vous a placés autour de nos chaires ; fi ce font elles qui vous donnent votre prééminence & le nom même qui vous diftingue ; n'eft - ce pas afin que vous en foyez les premiers apuis & les premiers défenfeurs ? Ah, puiffions - nous, par notre mutuelle modération, écarter toutes ces dangereufes mefintelligences! Puiffe l'union inviolable des Évêques avec les Églifes meres de leurs Diocefes ; puiffe notre confiance mutuelle, notre mutuelle amitié, devenir pour les peuples dont nous devons être l'exemple, le modele de la concorde, le centre & le nœud de la paix générale !

Mais, fi les Évêques doivent leurs premiers égards à la premiere portion de leur Clergé, que ne doivent - ils pas à la partie la plus laborieufe, & (ne craignons point de le dire) à la partie la plus utile de tout l'Ordre Sacré ; à ceux qui foutiennent les plus pénibles fonctions de l'Apoftolat, & qui en recueillent les plus foibles récompenfes ? Pafteurs vertueux, qui venez d'accoûrir de toutes les régions de ce Diocefe au tombeau de votre Évêque, pour lui rendre vos derniers hommages ; vous n'oublierez jamais fon refpect pour votre état & fon affection pour vous : avec quelle amitié il vous accueilloit ; avec quelle ardeur il prenoit votre défenfe, quand vous

éprouviez des contradictions. O combien il se plaisoit au milieu de vous dans ces assemblées saintes, monument précieux
de la discipline primitive, où vous veniez chaque année lui rendre compte de l'état de vos Églises ! Mais quelle étoit aussi votre
affection pour lui, & avec quel plaisir vous vous rassembliez autour de votre jeune Chef ! Racontez à vos Peuples le sentiment
dont vous fûtes pénétrés, quand vous vîtes votre Évêque
mourant se faire transporter au milieu de votre derniere as-
semblée. » Je veux, disoit-il à ceux qui vouloient l'arrêter,
» Je veux revoir encore une fois mes amis. (Mes amis : c'é-
» toit l'expression naïve de son affection pour vous) Je veux
» revoir mes amis encore une fois, & leur faire mes derniers
» adieux. » O Pasteurs, élevez vous-mêmes la voix : publiez
vos sentimens pour lui : vos suffrages le loueront mieux que
tous nos discours. L'amitié des Curés, comme il nous l'a si
souvent répété lui-même; l'amitié des Curés, voilà le plus
bel éloge des Évêques.

Un Évêque n'est pas seulement le modérateur & le chef des
Pasteurs : il est lui-même le premier Pasteur de tous les troupeaux, pour les besoins de la vie présente, comme pour ceux
de la vie future. Ministres de la Religion, Ministres des Mœurs,
nous sommes encore, si j'ose m'exprimer ainsi, nous sommes
les Ministres de l'Humanité. Heureux devoir, douce obligation !
Combien elle est chere à des cœurs sensibles & généreux, &
combien elle l'étoit au cœur de votre Evêque ! Quel vif intérêt il prenoit au bien public de vos Cités, & au bonheur particulier de vos familles ! Quelle bonté pour le peuple & pour

l'humble vulgaire ! Peuple laborieux qui cultivez les champs
fertiles qui environnent cette Cité, quand il entroit sous vos
humbles demeures, quel étoit votre étonnement de voir un
Homme dont la dignité, dont le nom étoient si impofans,
vous traiter avec cette aimable popularité ! Et si je pouvois
vous manifefter tous les projets qu'il avoit formés pour pré-
venir vos miferes, pour réparer vos calamités, pour mettre le
pauvre à-couvert de l'opreffion du puiffant, pour étendre votre
commerce, pour ranimer vos arts, pour former les foibles
mains de vos enfans à des travaux utiles : car jufqu'où ne doit pas
defcendre la vigilance & l'humanité paftorale? Que le temps ne
me permet-il de vous expofer ici l'abondance de fes aumônes &
de fes bienfaits, furtout dans les calamités extraordinaires, dans
les incendies, les difettes, les épidémies, qui ont défolé pendant fon Épifcopat plufieurs contrées de ce Diocefe ! Mais pourois-je paffer fous filence l'établiffement qu'il a formé en faveur
de ces malheureux citoiens qui fouffroient, avec les rigueurs de
la pauvreté, les rigueurs plus cruelles encore de la maladie, & que
la honte empêchoit de fe réfugier dans les afyles publics de l'in-
digence ? Hélas ! fes propres infirmités fembloient le rendre plus
fenfible encore à leurs fouffrances. N'oublions pas auffi de pu-
blier la générofité avec laquelle vous avez tous concouru,
Messieurs*, à une œuvre fi digne de l'Églife mere d'un Diocefe. L'affection de votre Evêque pour fa Famille ne l'a point
empêché de préférer les pauvres à fon propre fang. Il a choifi
les pauvres pour fes héritiers, les pauvres, qui font la premiere
famille des Évêques. Famille illuftre, vous pouvez donc dire

de lui comme Ambroife de fon vertueux frere : *Difpenfatores nos, non hæredes reliquit* *. Il vous a fait le legs le plus digne de vous : il vous a légué des malheureux à foulager, & des bienfaits à répandre. *Difpenfatores vos, non heredes reliquit.*

Mais il ne fuffit pas aux premiers Pafteurs de veiller du haut de leurs chaires fur les Diocefes qui leur font confiés ; l'Églife leur ordonne d'aller eux - mêmes au - devant de leurs peuples, de parcourir, de vifiter eux - mêmes toutes les Contrées foumifes à leur gouvernement ; non - feulement pour y répandre les dons de l'Efprit - Saint ; non - feulement pour y maintenir l'intégrité de la Foi, la dignité du Culte facré, la décence & la pureté des mœurs ; mais pour y rétablir la paix, pour y confoler les affligés, pour y foulager les malheureux, pour y pourvoir à tous les befoins de leurs troupeaux. Combien donc un Pafteur auffi actif, auffi zélé que le vôtre, devoit - il fouffrir de ne pouvoir remplir lui - même une fonction fi falutaire pour les peuples, & fi confolante pour les Évêques ! Il la dépofa dans nos mains. Sages Coopérateurs, qu'il m'affocia pour foutenir ma foibleffe, & pour guider mon inexpérience, vous fçavez que, malgré l'état de langueur où il étoit réduit, il vouloit encore marcher à notre tête. Ses mains défaillantes ne pouvoient plus bénir fon Peuple : du - moins, il eût animé nos travaux par fes regards ; il nous eût dirigés par fes confeils ; il eût confolé fon Peuple par fa préfence. Mais fi l'infirmité retient votre Évêque fur le lit de fa douleur, il veut nous accompagner en efprit : au milieu de fes fouffrances, au milieu des ombres de la mort, il a continuellement fous les ieux l'ordre

de

* S. Ambr. in obitu Satyri fratris.

de nos visites ; & son ame nous suit dans toutes les contrées que nous parcourons. O quelle eût été sa consolation, s'il avoit pu voir le concours & l'empressement de ses peuples autour de ceux qui le réprésentoient ; l'accueil du Clergé, de la Noblesse, des Magistrats, de tous les Citoyens ; l'accueil, plus touchant encore dans sa simplicité, des habitans des campagnes : s'il avoit pu voir le spectacle de foi & de piété qui s'offroit de toutes parts à nos ieux ! Et plaise à Dieu que l'intérieur ait répondu partout à des aparences si consolantes ! Mon Dieu ! il y a donc encore de la vertu sur la terre : la contagion de la licence & de l'impiété, qui désole nos grandes Cités, n'a pas ravagé nos Provinces. Peuples fideles, je crois être encore au milieu de vous. En me confiant son autorité, votre Évêque m'avoit aussi transmis son affection : il me sembloit que j'étois aussi votre pasteur & votre pere. Avec quelle docilité vous écoutiez les exhortations & les conseils qu'il vous adressoit par ma voix ! Avec quelle confiance & quelle candeur vous nous réveliez vos peines ! Avec quelle réconnoissance vous receviez les foulagemens & les dons qu'il vous présentoit par mes mains ! Car il avoit voulu, à l'exemple du divin modele des Pasteurs, que tous les pas que je ferois en son nom fussent marqués par ses bienfaits *. Compagnies vénérables, établies sur les tombeaux des premiers Apôtres de cette Contrée ** ; vertueux Pasteurs, pieux Solitaires, respectable Noblesse, Citoyens de tous les états, Peuples des Villes, Peuples des Campagnes, recevez en ce jour le témoignage public de notre réconnoissance, & l'aplaudissement solemnel que vous avez mérité.

Mais en même temps que nous aplaudissons aux vertus que

C

* *Pertransiit benefaciendo.* Act. C. 10. ℣. 38.

** Les Chapitres de Saint Quentin & de Péronne.

vous nous avez montrées, nous ne pouvons, Nos très chers Freres, vous diffimuler notre inquiétude. Deux ans font à-peine écoulés depuis cette époque de falut; & parmi les Peuples qui nous ont donné le plus de fatisfaction, combien dont la ferveur, fincere dans le moment, n'étoit peut-être excitée que par la circonftance & par le fpectacle, & déja s'eft évanouie! N. T. C. F. nous n'avons plus d'autorité fur vous : ma miffion eft finie; elle eft, elle eft enfévelie fous cette tombe. Mais écoutez encore une fois ma voix : écoutez les derniers vœux que je forme pour vous fur les cendres de votre Evêque, & en préfence de fon Succeffeur. O Pafteurs, qui tenez dans vos mains l'ame de ces Peuples, & à qui le Ciel a confié l'honorable fonction de leur enfeigner la vertu, c'eft à vous que je m'adreffe : c'eft vous que je conjure, au nom d'un Évêque dont la mémoire doit vous être fi chere & fi vénérable, de foutenir & de confommer l'ouvrage que nous avons commencé fous fes aufpices, & de ne pas laiffer périr les graces que vos Peuples ont reçues par l'impofition de nos mains. Chef des Pafteurs, qui rempliffez la place de celui que nous pleurons, vous vous mettrez vous-même à la tête de vos Coopérateurs; vous exciterez, vous foutiendrez leur zele autant par votre exemple que par votre autorité. Voilà l'Églife, voilà le dépôt facré que je remets entre vos mains fur le tombeau de celui qui vous a précédé. S'il eût prévu que vous lui fuccéderiez, avec quelles inftances il vous eût recommandé fon Églife! Confidens de fes derniers vœux, fouffrez que nous vous implorions en fon nom pour un Peuple qui devient le vôtre; pour un Peuple que vous ne pouvez encore connoître, mais qui est vraiment digne par la pureté de sa foi, & par la bonté de ses mœurs, de toute l'affection de ses Évêques. Quelle est déja la sensibilité de votre principale Église aux premieres marques que vous venez de lui donner de votre bienveillance & de votre modération! Votre ancienne amitié pour votre Prédécesseur, votre vénération pour sa mémoire, le souvenir de ses souffrances & de ses vertus, quels motifs plus puissans sur une ame noble & sensible; quels motifs plus capables de redoubler votre zele pour votre nouveau Peuple, & pour la gloire de votre nouvel Épiscopat!

Voilà donc, M. T. C. F. à quoi s'est réduit cet Épiscopat qui nous avoit donné de si grandes espérances: mais, si votre Évêque n'a pu accomplir tous ses projets pour le bonheur & le salut de ce Peuple, ô Peuple, vous le pardonnerez à ses infirmités, vous le pardonnerez à ses regrets. Que n'avez-vous pu être témoin de la douleur qu'il en ressentoit, & des larmes que nous lui avons vu répandre! Parmi les maux cruels qui le tourmentoient, ne craignons point de dire que c'étoit une de ses plus vives douleurs. Au milieu de ses souffrances, qui sembloient devoir concentrer dans lui-même toute sa sensibilité; oui, MES FRERES, au milieu de ses crises les plus violentes, j'ai vu, j'ai vu votre courageux Évêque commander à sa douleur, & oublier ses maux, pour rémédier aux maux de ses Peuples. Dans ses intervalles de santé, qui furent, hélas! si courts & si rares, avec quelle ardeur vous l'avez vu vous-même se livrer aux fonctions les plus pénibles de son Ministere! & pourriez-vous oublier jamais le dernier éfort de son zele; le spectacle at-

tendriffant d'un jeune Évêque infirme , que fes genoux chance-
lans ne pouvoient plus foutenir , & qui fe faifoit encore por-
ter , de ville en ville , fur les tribunes facrées, pour exhorter fes
peuples ? Hélas ! fon courage lui avoit fait oublier fa foibleffe :
fa poitrine épuifée ne peut foutenir l'éfort de fa voix ; & le dernier gage qu'il vous a donné de fon zele a été teint de fon fang.

Ah ! fi un corps foible & fouffrant n'eût pas enchaîné l'activité de cette ame ; fi Dieu eût exaucé nos vœux , s'il eût rendu
à votre Évêque la fanté avec la vie ; que n'eût point fait cette
ame courageufe , furtout depuis qu'elle avoit encore été fortifiée & fanctifiée par les fouffrances ! Quand nous nous rapel-
lons ces momens heureux , mais dont le fouvenir nous eft main-
tenant fi cruel , ces précieux momens où il épanchoit fon ame
dans la nôtre , où il nous confioit fes vœux & fes projets pour
le bonheur de ce Peuple , & pour l'honneur de l'Églife ; déja ,
déja notre imagination nous tranfportoit dans cet heureux avenir ; déja nous jouiffions d'avance de la gloire future de notre
illuftre Ami ; déja je croyois le voir revêtu de la pourpre facrée,
& ne profitant de fes nouveaux honneurs que pour donner des
exemples plus éclatans, pour devenir par fa vertu comme par
fon zele le modele de l'Épifcopat. Déja je voyois l'influence
d'une ame forte , foutenue par un grand nom & une grande dignité , fur le bien général de l'Églife : ce n'étoit point feulement l'enthoufiafme de notre amitié ; ainfi jugeoient, ainfi au-
guroient les hommes les plus recommandables par leur fageffe.
Déja je voyois LE CARDINAL DE BROGLIE , (que ce nom
foit du - moins prononcé cette fois à fes funérailles) Je voyois

LE CARDINAL DE BROGLIE à la tête de notre sainte Milice, ainsi que son vaillant Frere à la tête de nos Armées, exciter l'ardeur, soutenir le courage de tout l'Ordre sacré, par l'activité de son zele & par l'inébranlable fermeté de son ame. O malheureux Pontife! Si vous pouvez rompre la rigueur de votre destinée, quelle sera donc votre gloire! Vous serez le salut de votre Église; vous serez l'honneur de toute l'Église de France. Vains projets, vaines idées des hommes! Quelle élévation, & quelle ruine! Grand Dieu, vous n'avez donc placé si haut nos espérances que pour les briser par une chûte plus terrible. *Elevasti me, Domine, & elisisti me validè* *. Une langueur mortelle vient les enveloper de son ombre funebre; & tout ce brillant avenir va s'abîmer dans ce tombeau. O trompeuse prospérité! ô incertitude des choses humaines! *O fallax lætitia! ô incerta rerum humanarum curricula!* *

* Job. C. 30. ℣. 22.

* S. Ambros. in obitu Satyri fratris.

Il faut donc, MESSIEURS, il faut arriver malgré nous à la partie la plus affligeante de mon déplorable Sujet. Si nous n'écoutions que la foible humanité & le sentiment d'une amitié purement naturelle, comment aurions-nous le courage de l'entreprendre? mais, si nous considérons les souffrances de notre illustre Ami avec les ieux de la foi & de la vertu, combien elles deviennent consolantes! Déplorons ses malheurs, pleurons sur le lit de sa douleur & sur son tombeau; la vertu n'interdit point la sensibilité : mais célébrons aussi son courage & sa constance; & que l'époque la plus désolante de sa vie soit la partie la plus glorieuse de son éloge.

SECONDE PARTIE.

AVANT que le malheureux Pontife dont nous déplorons le fort, fût éprouvé par les longues souffrances qui l'ont conduit dans ce tombeau, combien de nuages avoient obscurci déja fa prospérité! Né parmi les trophées de fon Pere, les palmes de Guaftalle avoient décoré fon berceau : mais dèsfon enfance la plus tendre, il recevra la premiere leçon du malheur ; il verra fon Pere fuccomber fous la jaloufie de fes rivaux, & mourir dans un trifte exil. Par la force du mérite, & par la nécefité des circonftances, les Freres de l'Abbé DE BROGLIE, les Fils d'un exilé, étoient remontés à la plus haute gloire. Quand il entendoit célébrer leurs victoires, quand il voyoit fufpendre leurs trophées dans le Temple, parmi les cantiques de joie & les aplaudiffemens de la Nation, quel fpectacle, quel triomphe pour le cœur d'un frere ! Ici, MESSIEURS, vous vous rapellez l'exil qui termina leurs exploits. O combien un cœur fi vif, fi fenfible, & qui aimoit fi tendrement fes freres, dut fouffrir de cette difgrace ! mais il n'en fut point abbattu : fes Freres n'avoient perdu que la faveur, ils avoient emporté avec eux l'eftime du Roi, les regrets de l'Armée, & les vœux de la Nation : ils avoient confervé l'honneur ; l'honneur avec lequel de grands cœurs ne peuvent être malheureux ; l'honneur que les Rois, avec toute leur puiffance, ne peuvent ni donner ni ravir ; l'honneur qui dépend d'un tribunal plus impartial que les Cours ; de l'opinion publique, qui juge les Cours & les Rois.

Je ne vous parlerai point, MESSIEURS, des difgraces perfonnelles qu'il éprouva, & des piéges que l'on tendit à fa droiture & à fa franchife : je ne vous rapellerai point tous les événemens extraordinaires qui l'ont empêché de parvenir à cette dignité qui lui étoit affurée depuis tant d'années : tantôt la mort des Rois, tantôt la mort des Pontifes, tantôt les mefintelligences entre les Pontifes & les Rois. Cette Pourpre fuira donc jufqu'à la fin devant lui, & ce trifte ornement ne décorera pas feulement fes funérailles. Pontife malheureux, ce voile funebre, voilà donc la pourpre qui devoit vous décorer : mais que font toutes ces difgraces en comparaifon des fouffrances qui lui étoient réfervées ?

Une maladie qui n'avoit jamais eu d'exemple, & qui eft devenue comme un phénomene dans la trifte hiftoire des infirmités humaines ; une maladie dont la caufe eft encore inconnue, depuis même que l'art a pu interroger les entrailles de la Victime ; un des maux les plus douloureux que puiffe fouffrir la foible humanité, vient s'emparer de cette Victime illuftre, au milieu de fa jeuneffe & de fa gloire. Triftes témoins de fes fouffrances, nous ne pouvons penfer encore fans frémir à ces tourmens inouis, à ces crifes violentes qui fembloient nous déchirer auffi les entrailles. Hélas ! pour nous fervir de la parole énergique d'un Roi fouffrant : Tel qu'un lion impitoyable, le mal avoit brifé tous fes os *. Mais qui pouroit auffi fe rapeller fans étonnement le calme & la vigueur inaltérable de cette Ame au milieu d'un corps fouffrant ? Tendres Freres, tendres Sœurs, tendres Amis, qui n'avez ceffé de lui donner des preuves fi tou-

---

* *Quafi leo, fic contrivit omnia offa mea.* Cantic. Ezech. ℣. 5.

chantes de votre attachement pendant ſes longues douleurs, la nature, la tendre nature n'a donc pas perdu ſes droits parmi tous les Grands, & l'orgueil n'y a pas flêtri tous les cœurs. Que le Ciel béniſſe la piété fraternelle & la fidelle amitié.

Déja célebre par ſes grandes deſtinées, l'Évêque de Noyon étoit devenu célebre encore par ſes maux. Les plus indifférens ne pouvoient voir ſans attendriſſement une jeuneſſe ſi vive, des eſpérances ſi brillantes, de ſi aimables & de ſi grandes qualités, languir dans les ſouffrances. Les Sçavans les plus fameux avoient été conſultés, & ils avoient déployé toutes les reſſources de leur art, pour conſerver une Tête ſi précieuſe. Obligé d'entreprendre lui - même, malgré ſa foibleſſe, de pénibles & douloureux voyages, juſques dans les terres étrangeres, pour aller puiſer quelque ſoulagement à ces ſources ſalutaires qu'une providence compâtiſſante fait jaillir dans différentés contrées, pour ſoulager les maux des foibles humains; avec quelle affection il avoit été accueilli de toutes parts, en Flandre, en Allemagne, en Suiſſe, en Savoie! Au reſpect qu'impoſe un grand nom l'on joignoit encore le reſpect qu'inſpire le malheur. Mais pourois-je oublier ici l'accueil du Souvérain qui regne ſur la nation qui s'honore d'avoir donné la Maiſon de BROGLIE à la France? Avec quelle réconnoiſſance l'Évêque de Noyon nous racontoit les bontés du Roi de Sardaigne, & le tendre intérêt que ce Prince daignoit prendre à ſes ſouffrances! mais en même temps avec quelle admiration il nous parloit de cette vertueuſe Cour, où regne la ſimplicité avec la majeſté, le zele de la juſtice & des mœurs avec l'amour de l'humanité & de la clémence!

Hélas!

Hélas! en-vain tout s'empreffe pour le foulager : fecours im-
puiffans, fecours funeftes, qui deviennent eux-mêmes de nouveaux périls! Dans ce fiécle de lumiere, où les connoiffances
qui tiennent à la Nature ont fait autant de progrès, que celles qui
tiennent aux Mœurs & au Génie fe précipitent vers leur décadence ; le principe du mal échape à la fagacité des plus habiles :
l'œil & la main des hommes n'y pouront atteindre. De trom-
peufes conjectures ont indiqué des rémedes dangereux ; & les
maux de l'art font devenus plus terribles que ceux de la nature.
O foibleffe de l'intelligence des hommes pour leur intérêt le
plus cher, pour le foulagement de leurs maux, & pour la con-
fervation de leur vie! O mifere de l'humanité, & de ceux même
que leur opulence fembleroit élever au-deffus du malheur!
Que dis-je? Les Grands ne fembleroient-ils pas encore plus
fujets aux infirmités & à la mort que l'humble vulgaire? Oui,
Mes Freres, fi votre Evêque n'eût été que le Pafteur de
quelque pauvre troupeau, des rémedes difpendieux n'auroient
pas agravé fes maux : il refpireroit encore. Ainfi la Providence
divine balance les biens & les maux des diverfes conditions :
ainfi la maladie, comme la mort, égale tous les foibles mortels.

Jufqu'alors la mort n'avoit pas encore menacé fes jours :
mais, pour foulager fes maux, hélas! l'art vient d'attaquer
les principes de fa vie : la douleur dégénere en une langueur
mortelle. Une langueur mortelle! O que cette épreuve, fi
défirable dans l'ordre de la prédeftination, eft terrible pour
la nature! Dans les maladies qui terminent les jours de la
plupart des hommes, bien-tôt leur fort eft décidé : mais lan-

D

guir pendant des années entieres entre la vie & la mort; dans la vigueur de l'âge, se voir réduit à la foiblesse & à la caducité de la vieillesse; exhaler chaque jour une portion de sa vie; souffrir mille fois, avant de mourir, les horreurs du trépas! Quand je me répréfente les langueurs & les souffrances de notre aimable & malheureux ami; ce corps autrefois si agile réduit à l'inaction de la mort, & qui semble ne plus vivre que par la douleur; quand je me répréfente ses membres qui se flétriffent & se deffechent comme des fleurs féparées de leur tige; ce front, où brilloit la joie & la férénité, couvert de la pâleur mortelle; ces ieux étincelans, qui ne laiffent plus tomber que de triftes & douloureux regards! En-vain il cherche le repos fur le lit de fon infirmité; en changeant de fituation, il ne fait que changer de fouffrances: il ne trouvera de repos que dans le fépulcre. Le fommeil a fui pour jamais loin de fes ieux: dans le filence de la nuit, de la nuit deftinée au repos des malheureux, les douleurs & les penfers lugubres femblent veiller fans relâche autour de lui, pour le tourmenter *. La mort, dont l'attente eft plus terrible que la mort même, la mort fans ceffe devant fes ieux! Et dans quelles circonftances, MESSIEURS? Au moment où il va jouir enfin de cette Dignité attendue depuis vingt années; au moment où le plus cher de fes amis eft élevé à l'une des places les plus importantes de l'Églife & de l'État, & va partager avec lui fon crédit & fa gloire; au moment où le premier-né de fes Freres eft apellé à de nouveaux triomphes.... O Dieu, dont la bonté égale la puiffance, à quelles épreuves cruelles vous abandonnez quelquefois vos foibles créatures!

* Job. C. 16. & 17.

Mais, à-travers des rigueurs aparentes, reconnoiſſons, M E s F R E R E S , la clémence Divine. Par les ſouffrances du corps elle vouloit rétablir la ſanté de l'ame. Après avoir rendu aux vertus de votre Évêque la juſtice que je leur devois, je ne diſſi-mulerai point ſes défauts. Je dois cet aveu à la vérité; & ſa ſincérité même m'en feroit une loi. A Dieu ne plaiſe que nous ſacrifiions jamais la ſainte franchiſe de notre miniſtere à aucune conſidération humaine, à l'amitié même, & à l'amitié la plus tendre. Plein de reſpect pour la Religion & pour la ver-tu, jamais perſonne ne fut plus fidele à ſes premiers devoirs : mais agité par l'ardeur & l'activité de ſon caractere; mais en-traîné par l'attrait de ces ſociétés brillantes dont il faiſoit les délices; mais enflammé par la gloire, non par la vaine gloire des honneurs, mais par la gloire plus ſéduiſante de la renommée & de l'eſtime publique, par cette gloire que le monde éleve au rang des vertus, & que la Religion met au rang des foibleſſes; combien, avant que les ſouffrances euſſent éprouvé ſon ame, combien il étoit encore éloigné de la perfection de ſon état; de cette auſtere gravité, de ce ſaint recueillement, de cette pa-tience inaltérable, de ce détachement des choſes humaines, de ce goût des choſes divines, ſi néceſſaire ſurtout aux Prêtres, bien plus encore aux Évêques, dont l'état, le plus ſaint de tous, exige auſſi la plus haute perfection ! Il en gémiſſoit avec nous : ſon ame ſentoit le beſoin d'une vertu ſupérieure. Une ame ſi vive & ſi noble étoit faite ſans-doute pour la plus éminente vertu. Il faiſoit des éforts ſur lui-même : mais, emporté par le tourbillon qui l'environnoit, il n'avoit pu ſe vaincre. Et combien les périls alloient croître encore dans la nouvelle gloire où il alloit être précipité ! MES FRERES, c'étoit au malheur qu'il étoit réservé de sanctifier votre Évêque.

Depuis qu'il a été éprouvé par les souffrances, quelle heureuse révolution s'opere dans son ame ! » Dieu, nous disoit-il » lui-même, Dieu veut me dompter par mes douleurs. » Et que l'impiété ne tente point d'affoiblir un si grand exemple. Dira-t-elle qu'il y a plus d'extérieur & de décence que de véritable vertu ? mais comment un caractere si vrai, & qui n'avoit jamais rien sçu dissimuler, pas même ses défauts; comment commenceroit-il à feindre, au moment où les autres déposent le masque, en préfence de la mort ? Dira-t-elle que c'est une de ces terreurs superstitieuses qui s'évanouissent avec le péril ? mais dans les intervalles d'espérances jamais cette vertu s'est-elle rallentie ? Dira-t-elle que c'est la décadence d'une ame qui éprouve la même défaillance que le corps ? J'en atteste tous ceux qui l'ont vu de près pendant cette longue épreuve : jamais cette ame montra-t-elle plus de force & de courage ? Car ne vous figurez pas ici, MESSIEURS, une piété pusillanime. Quelle piété plus noble, & quel respect elle imposoit au monde, même le moins religieux ! Quel généreux détachement de la gloire qui l'environne & des nouveaux honneurs qui lui font encore préparés ! Quel attrait pour toutes les chofes vertueufes, pour toutes les chofes faintes ! Si nous voulions quelquefois distraire & soulager son esprit par des délassemens innocens : » Mon ame, » nous disoit-il, Mon ame ne goûte point ces vaines confo- » lations : *Renuit confolari anima mea.* Parlez-moi de Dieu & de

„ la vertu : *Memor fui Dei, & delectatus fum* *. Dans des momens
d'abattement nous tentions quelquefois de ranimer fa vertu :
mais combien fon effor l'élevoit tout-à-coup au-deffus de nos
foibles penfées ! Devenu puiffant par fon infirmité même, fon
ame femble s'être fortifiée des ruines même de fon corps. A-
mefure que l'homme extérieur fe diffout, l'homme intérieur
reprend de jour en jour une vigueur nouvelle **. Mon Dieu,
malgré toute la tendre commifération qu'il nous infpire, foyez
béni de n'avoir pas exaucé nos vœux ; foyez béni de fes douleurs, puifqu'elles lui font fi falutaires.

Que ne puis-je vous rendre ici, MESSIEURS, les exhortations touchantes qu'il adreffoit à fes amis fur la vanité de la
gloire, fur les confolations de la vertu, fur la mort, fur l'immortalité ! Que n'avez-vous pu le voir vous-mêmes dans ce
trifte réduit où nous nous étions renfermés avec lui, au milieu
de ces paifibles animaux dont nous efpérions que la chaleur
bienfaifante ranimeroit en lui le fouffle de la vie ! (Car à quoi
n'a pas recours la foible induftrie des hommes, pour pro-
longer leur fragile exiftence ; & que n'imagine pas l'amitié ?)
Figurez-vous d'un côté ce Pontife malheureux, qui voit la
pourpre fufpendue fur fa tête avec le glaive de la mort ; de
l'autre, fon plus ancien & plus fidele ami, apellé par la voix
publique à la difpenfation des graces les plus importantes,
& qui avoit oublié fes grandes deftinées, pour venir s'établir
dans une province éloignée, auprès de fon ami fouffrant.
„ Je vais à la mort, lui difoit-il, & vous à la gloire : je féli-
„ cite la France & l'Églife de votre élévation ; mais je ne chan-

rémede de l'immortalité, il n'apartient qu'a vous d'infpirer ce courage ! *Pulchrum immortalitatis medicamentum !*

Le temps fatal aprochoit : fa Famille étoit raffemblée autour de lui : fes Amis abfens avoient été avertis, & nous étions accourus des extrémités du Royaume. Jurez - moi , nous avoit - il dit , Jurez - moi de venir recueillir mes derniers foupirs. O douloureux, mais confolant miniftere ! Mon Dieu, nous ne cefferons de vous rendre graces d'avoir pu lui donner les dernieres confolations de la Religion & de l'amitié ; d'avoir été les témoins de vos dernieres graces & de fes dernieres vertus.

Le Mourant a fenti fon péril : il a demandé les derniers fecours de l'Églife : il a défiré que le vertueux Évêque * du même fang que lui, dont la douceur & la piété lui avoient infpiré dès l'enfance une vénération fi tendre, & qui l'avoit communié pour la premiere fois, lui adminiftre la Communion derniere & l'Onction de la mort. Venez, MES FRERES, venez contempler votre Évêque mourant : venez aprendre à mourir. Quel fpectacle ! quel courage, & quelle tranquillité au milieu de la confternation générale ! Son intrépide Frere (Peuple, permettez au héros d'être homme : malheur à l'héroïfme qui étouferoit le fentiment) le Maréchal a frémi lui - même. Ce front que les plus grands périls n'ont jamais altéré, fon front a pâli, & les larmes ont coulé de fes ieux. C'eft le Mourant qui devient en ce moment le confolateur : c'eft le Mourant qui eft le héros. La vertu a répandu fa férénité fur fon vifage ; (je crois le voir encore) elle en a éfacé les horreurs de la mort. La mort s'eft évanouie devant l'immortalité. *Pulchrum immortalitatis medicamentum !*   Des

* M. L'Évêque d'Angoulême.

Des fyntômes éfrayans ont annoncé le trépas. Dans ces momens terribles où les amis les plus tendres abandonnent leurs
amis les plus chers, pour épargner à leur foible cœur un fpectacle qu'il ne pouroit foutenir, (ô trifte abandon des malheureux mourans! ô moleffe cruelle des nouvelles mœurs!) ver-
tueufe Famille, dont le courage égale la tendreffe, vous étiez
digne de remplir le devoir le plus rigoureux de l'amitié & de la
piété fraternelle: vous étiez digne de demeurer fidelle à votre
Frere jufqu'au milieu des ombres de la mort.

Pendant que fes tendres Sœurs redoubloient autour de lui
leurs foins & leurs empreffemens, pour calmer fes douleurs,
le Maréchal s'étoit joint à nous, pour foutenir fon courage:
& qui pouvoit mieux, par fa foi comme par fa fermeté, qui
pouvoit mieux fortifier cette Ame au milieu des périls & des
angoiffes du dernier combat? Que n'avez - vous pu entendre
les confolations magnanimes du Guerrier, & les magnanimes
réponfes de l'Évêque! Mais le friffon mortel vient de glacer
fes fens; le Mourant ne fent plus que fes douleurs. Ne pou-
vant plus lui faire entendre notre voix, profternés autour
de lui, nous adreffions pour lui nos vœux & nos foupirs au
Seigneur de la mort & de la vie. Il fe réveille un inftant du
fommeil mortel; & avec quel empreffement nous faififfons
ce dernier fouffle d'une vie qui nous eft fi chere! Il reconnoît
la voix de fon Frere & celle de fon Ami: il fouleve vers nous
un tendre regard: il ferre nos mains dans fes mains glacées.
Je lui préfentois ce Signe fi confolant pour les mourans, le
Signe de Jéfus - Chrift mourant pour le falut des hommes.

E

Que le Ciel pardonne cette foiblesse à ma douleur ; la Croix s'échape de mes mains tremblantes : c'est le Maréchal qui l'aplique lui - même sur les levres mourantes de son Frere. Grand Dieu, rélevez mon courage ! Ame immortelle, Ame chrétienne, recevez des mains de votre vertueux Frere ce Signe sacré. *In hoc Signo vinces* ; c'est dans ce Signe que vous allez remporter la grande victoire, que vous allez vaincre la mort : *In hoc Signo vinces.* Son cœur est plein : il veut parler : sa voix, étoufée par les sanglots du trépas, ne peut plus proférer que des soupirs. Il fixe ses derniers regards sur l'Image de J.-C. Nous redoublons nos éforts pour soutenir dans son cœur défaillant le sentiment du Divin amour : O vous, qui avez montré, pendant vos longues souffrances, tant de confiance & d'amour pour votre Dieu, n'aimez - vous pas toujours ce Dieu de toute votre ame ? Ranimé par un éfort de vertu : *Beaucoup, beaucoup*, répondit - il avec une vive affection : *Beaucoup, beaucoup*. Il exhale dans cette parole tout ce qui lui reste de force & de vie. Précieuse parole, vous ne sortirez jamais de mon cœur. Sa derniere parole, son dernier sentiment a donc été un acte du Divin amour, un gage de la prédestination éternelle.

Le dernier de tous les momens est arrivé. Quand je me représente encore cet affreux moment ! comment nos ieux ont-ils pu soutenir ce spectacle * ? comment ma voix a - t - elle pu adresser à une Ame qui m'étoit si chere la fatale parole, *Proficiscere, Anima christiana.* O funestes embrassemens, où nous

---

* *O dura oculorum lumina, quæ potuistis fratrem videre morientem !* S. Ambr. in obitu Satyri fratris.

avons fenti fon corps fe roidir & fe glacer, & fon dernier fouffle s'évanouir * ! *O amplexus miferi !* Nous le ferrions dans nos
bras; & déja nous avions perdu celui que nous tenions encore **.
O mort cruelle, qui divifez les freres, ô impitoyable mort, qui
féparez les amis les plus intimes & les plus tendres ! ***

Dieu compâtiffant, vous ne défendez point aux foibles mortels de pleurer la mort de leurs amis : mais loin de nous une
douleur inconfolable. Laiffons, laiffons le defefpoir à ceux qui
n'ont point l'efpérance de l'immortalité. Divine immortalité,
c'eft vous qui fouteniez notre vertueux Ami au milieu de
fes fouffrances! vous nous foutiendrez auffi au milieu de notre deuil. Je veux vous célébrer en ce moment. Parmi les
ombres de la mort, je veux célébrer l'Homme immortel ;
(ainfi Ambroife foulageoit fa douleur, en prêchant fur le
tombeau de fon frere l'immortalité des ames.). L'homme
immortel ! Quel hymne magnifique pour l'homme, & pour
Dieu même! *Pulcher hymnus Dei homo immortalis (a)*. Hommes ti-
mides, qui vous laiffez abbatre par les terreurs de la mort,
auriez - vous donc oublié la dignité de votre nature & votre
éternelle deftinée ? Quoi! nous pourions nous confondre avec
la dépouille corruptible qui nous environne ? Non, nous ne
fommes point des corps; nous fommes des ames; *Nos animæ fu-
mus ;* Nous fommes des ames; nos corps ne font que nos vête-

(a) Lactant.

---

* *O amplexus miferi, inter quos exanime corpus obriguit, halitus fupremus eva-
nuit !* S. Ambr. ibid.

** *Stringebam brachia, & jam amiferam quem tenebam.* S. Ambr. ibid.

*** *O mors, quæ fratres dividis, & amore fociatos crudelis & dura diffocias !*
S. Hieron. in epitaph. Nepotiani.

E 2

promettons ces larmes falutaires , ces larmes fanctifiées par la prière & par la vertu , ces larmes qui rachetent les ames , *lacry-mas redemtrices :* nous vous avons aimé , *dilexi ,* & nous ne ceſſe-rons d'offrir pour vous nos pleurs & nos vœux , juſqu'à ce que nous vous ayons introduit dans la région des vivans. *

Juge Suprême des vivans & des morts , exaucez les vœux que nous vous adreſſons dans le premier Temple de ce Diocefe ; exaucez ceux qui vont s'élever vers vous de toutes les Égliſes de cette Contrée , pour l'éternel repos de leur premier Paſteur. Après les longues & cruelles ſouffrances qu'il a eſſuyées ſur la terre , faites qu'il repoſe enfin dans un lieu de rafraîchiſſement , de lumiere & de paix. Exaucez les vœux que nous formons ſur ſon tombeau pour ſon Égliſe & pour ſon Peuple ; faites que le Pontife bienfaiſant qui lui ſuccede acheve le bien que ſes infirmités l'ont empêché de conſommer. Exaucez nos vœux pour toutes les Égliſes de France , dont le ſort vient d'être dé-poſé dans les mains de ſon Ami le plus cher. Béniſſez les no-bles & vertueux principes & la ſage adminiſtration de ſon fidele Ami : faites que , par le choix éclairé des premiers Paſteurs , il renouvelle la ſplendeur de la Tribu ſainte , & , avec la ver-tu du Clergé , la foi & les mœurs de toute la Nation. S'il eſt permis de penſer à la gloire , en ce jour de deuil & de mort , exaucez nos vœux pour la gloire du Royaume , dont la défenſe vient d'être remiſe au magnanime Frere de celui que nous pleurons. Nous ne vous demandons point des vic-toires ; Dieu des Armées , épargnez le ſang des François , épar-

---

* *Dilexi , ideo proſequar uſque ad regionem vivorum ; nec deferam donec fletu & precibus producam virum quò ſua meritâ vocant.*

gnez le fang de tous les hommes. En ces jours orageux où la fatale paffion des combats femble fermenter au fein de toutes les nations, faites que la renommée du Chef intrépide qui va partir du fépulcre de fon Frere, pour marcher à la tête de nos Armées, faites que le fouvenir de fes anciennes victoires fuffife pour contenir les rivaux de notre Puiffance : faites qu'il foit plutôt le bouclier que l'épée de la Patrie. Exaucez nos vœux pour nous-mêmes : faites, mon Dieu, que nous profitions tous des pieux confeils de notre vertueux Ami, & des grands exemples qu'il nous a donnés; afin que nous nous préparions avec la même foi, avec le même courage, à la mort & à l'immortalité.

APROBATION.

J'A1 lu, par ordre de Monfeigneur le Garde des Sceaux, l'Oraifon-Funebre de feu Monfeigneur l'Evêque de Noyon, par Monfeigneur l'Evêque de Sénez. L'objet de cet éloge, déja fi touchant par lui-même, excite de nouveaux fentimens d'intérêt & d'admiration par les couleurs tendres & les traits fublimes avec lefquels l'éloquent Orateur, animé par l'amitié, & foutenu par la Religion, a fçu le répréfenter. A Paris, le 24 Août 1778.

RIBALLIER.

www.ingramcontent.com/pod-product-compliance
Lightning Source LLC
LaVergne TN
LVHW021654170726
843501LV00007B/2553